JN071519

詩集

もぎ取られた言葉

高細玄一
Takahoso Genichi

コールサック社

詩集　もぎ取られた言葉　目次

I

II

Ⅲ

Ⅰ

Ⅰの各詩篇はロイター、ＡＦＰ、ＮＨＫ、ドットワールドなどの国際ニュースを参考にしている

仮死

その日は　晴れていたか曇っていたか
雨だったのか想いだせない
娘は仮死状態で生まれて来た
生と死のあいだの薄い膜を一枚めくって
あの時の産声のない一瞬の間
鼓動が数秒遅く　気がついたように
気まぐれに動いた
父親になりたての男は何故か職場に電話をして
「生まれました」と報告し
「しかし……」と言いかけ

その日は　驟雨　　音のない雨　　躍るようにつぎつぎと
二〇一八年八月鎌倉・由比ヶ浜に
シロナガスクジラの赤ん坊が打ちあげられた
体長一〇メートル　胃袋には直径七センチのプラスチック片
海の中で残留性有機汚染物質に汚染された母乳を飲み
プラも飲み込み味覚も臭覚も失い
目の前では泡がプカプカ踊り　それは次第に激しくなり
親クジラから外れ　のたうち回り　右も左も分からなくなり
内臓はいたるところで摩擦を引き起こし
肝機能は低下し　激しい腹痛　水深も分からず
砂浜へ上がったことも分からずに命は尽きた

その日は　海には全てのものが浮遊し
シロナガスクジラと人　その運命のさきにあるのは
ただ一つの生　もしくは仮死

言葉が出ない

しゃぼん玉は　どこへいつた。西暦一九四〇年頃から　僕の見失つてしまつた
それら。　銃火で四散し　政治から逃げのびたもの共よ　おまえたちはいま　ど
こをとんでゐる

金子光晴「しやぼん玉の唄」

ヴィーナスは縛られている
それなのに　空疎な言葉しか浮かばないんだ
書くことが必要な時に何も書けないんだ　何も

連れ去られた子どもたちよ
教育を受けることが出来ない女性たちよ
赤い靴が踏みにじる　その横で
愛していると絶叫したい

あなたを笑わせて
冗談を涙に変えて
涙を言葉に変えて
言葉を風に乗せて

アフガンの女性ｈａｗａはカブールの自宅の窓辺で
毎日　本を読むだけの生活
学校に行くことを禁止されたｈａｗａ
女性であるから教育を受けられないｈａｗａ
ｈａｗａも　数百万人のｈａｗａたちも

教育を受けられず　十五歳で結婚させられる
未来は盗まれたまま

ウクライナの子どもは戦争で少なくとも
一万六〇〇〇人がロシアに連れ去られた
戻れた子どもは一二五人しかいない
親と引き離されロシア人と養子縁組し
男はロシア兵としてウクライナと戦う

意味のない言葉などあるものか

縛られたヴィーナスの声を
だから書きたいのだ
ここに生きる
この同じ時代を生きる言葉を

そう思うが　そう思うが
言葉が出ないのだ
この現実がなぜここにあるのか
なぜこの現実が作り出させられたのか
この現実の中にいる人間の運命を
書かなくてはいけないのに
現実の重みに
なにも書けなくなる

標的とされた希望
――ゾラの復活を願う

二〇一五年　アフガニスタンで女性だけで構成された楽団「ゾラ」が結成
された　民族楽器を使うアフガニスタン伝統音楽を融合させた優美な演奏
はたちまち話題となった
「ゾラ」は十三歳から二十歳の女性だけ三十五人で構成
孤児や貧しい家庭出身のメンバーもいる
指揮者ザリファ・アディバは二十三歳　アフガニスタン初の女性指揮者だ
　ザリファはタリバンによる迫害の対象となってきた「ハザラ人」だ
六歳の頃　隣国パキスタンに逃れた
そこでもハザラ人をねらった爆破テロの被害にあい多くの友人を亡くした
「ゾラ」のメンバーはアフガニスタン音楽院で演奏活動を行ってきた

女性であることと音楽活動に従事すること
それ自体がタリバンによって「イスラムの教義に反する」と否定され「暗殺」の対象となる
アディバの父親は祖父から孫娘に音楽活動を続けさせるなら親子の縁を切ると言われた
いとこからは「見つけたら殺す　お前は親族の恥だ」と言われた　それでも音楽を続けてきた

タリバンが政権についた後の二〇二二年十月六日
「ゾラ」のメンバーはアフガニスタン脱出を決意
カタール大使館の協力を得て少人数に分かれて空港まで移動
空港を占拠するタリバン戦闘員にビザを疑われ
「臨時公用旅券では女性は出国できない」と言われるが
カタール大使館職員が間に入り交渉　大半が脱出した

いま　音楽院の校舎には音楽は聞こえない
ト音記号が描かれた木がある中庭では
カラシニコフを抱えたタリバン戦闘員がたむろしている

タリバンは音楽だけでなく詩を書くことも禁止した
わたしは　書かなければならない
詩とゾラのために
ため息は積み重なるが　あることさえ気づかれない
なにから始めればいいのかさえわからない
失いかけた言葉を探しにいかなければ
ないがしろにされ続けてきたものを
余白にしか書いて来なかったものを
引き裂かれたものをもう一度修復しなければ
一瞬が去ってしまうその前に
軽蔑し合うことより

想像力はお互いを認め合う唯一の力
深夜のため息を積み重ねる
囚われているものを解き放す
何かに委ねることなく「何か」の在り処を探し歩く
平和で戦争のない世界　「イマジン」の世界を想像する
夢かもしれない　それでも今
夢を忘却せず　生きようとする時だ

詩を書く時だ

もぎ取られた言葉
――マリア・コレスニコワは去らなかった

二〇二〇年八月十二日　捏造

ベラルーシでアレクサンドル・ルカシェンコ大統領が六選を果たした大統領選挙について、ＥＵは11日、「自由でも公正でもなかった」との見解を示し、「暴力、不当な逮捕、選挙結果の捏造」に関与した者に対し制裁を科す構えを示した。

大統領選は九日、ルカシェンコ氏の強権統治に抗議する大規模なデモが広がる中で実施され、選挙管理委員会は同氏の勝利を発表。

九月八日　破り捨てた旅券

ベラルーシで七日、反政権派幹部のマリア・コレスニコワ氏が路上で所属不詳の集団により頭から袋を被せられ、車に押し込まれ、拉致された。ベラルーシ当局は八日、ウクライナとの国境地帯で身柄を拘束したマリア・コレスニコワ氏を強制的に国外退去させようとした。しかしコレスニコワ氏は自身のパスポートを破り棄てて抵抗し、ベラルーシに留まり続ける意思を明確にした。

二〇二一年八月五日　ダンス

反政権デモのリーダーで国内に唯一残ったマリア・コレスニコワ氏（三十九）の裁判が非公開で始まった。国家安全保障を損なった罪などに問われているコレスニコワ氏は、被告用ケージの中で笑みを浮かべ、ダンスを踊ってみせた。

二〇二二年十一月三十日　ICU

禁錮十一年を言い渡され服役中のマリア・コレスニコワ氏（四十）が、南東部ゴメリの病院のＩＣＵに収容された。

反体制派政治家のビクトル・ババリコ氏の事務所によると、コレスニコワ氏は二十八日、外科病棟に搬送された後、ＩＣＵに入った。コレスニコワ氏は独房に移され、弁護士との面会を禁じられていた。

マリア・コレスニコワは去らなかった　その場から
その場にとどまることは形式上の自由を奪われ
涎を垂らして　はぎ取ろうとする者たちの前で
胸をさらけ出すことに等しい行為だ
その場にとどまることは　言葉を奪われ　もぎ取られた朱色の肺からはフルートの音色を響かせることはできない

それでも　マリア・コレスニコワは去らなかった
勇敢な言葉より　その場に留まること
言葉を発せられない自由を発狂するほど発すること
創造できない苦痛を全世界に発すること

マリア・コレスニコワは去らなかった
「言葉のない世界*」を発見するのだ
もぎ取られた言葉を使って
屈しない。その言葉を。

*田村隆一詩集『言葉のない世界』より

失語

ソノ「一九三万人」ハ
カオガ　ソギオトサレテイル
タイラニ　メモ　ハナモ　ナク

「できることなど何もなく　自分の人生はもはや選べない」

言葉だけで伝えられる
言葉はなんの痛みもなく
覆い隠し　削ぎ落す　意のままに　操られ
「一九三万人」は記憶の中から消滅し

情報から消え今度こそ本当にソギオトサレ
コトバは
加担し
自ら失語する

※露国防省は二〇二二年六月十八日時点で、ウクライナから子供約三十万人を含む計一九三万人超がロシアに「退避した」と発表している。（読売新聞デジタル）

アディカリのワールドカップ

アニッシュ・アディカリはカタール・ワールドカップ会場の建設労働キャンプで目覚めた
前の晩に食べた魚が傷んでいたせいで激しい下痢に見舞われた
摂氏五十二度にも達する現場の中で一日十四時間も働いていたんだ
朝の後いつ昼がきていつ食事をしたのかさえ想いだせない
小便をもらし糞さえもこびり付き

まるで雨に打たれたかのように全身汗だくになり
口の中は乾き切り全身から塩が吹く
嘔吐や動悸に襲われる

雇用主からは限られた量の水しかあてがわれない
扁桃腺が腫れあがる
昨日一緒に働いていたマンダル　今日はどこへいっちまったのか
あいつは毎月一五〇ドルを仕送りしていたが
カタールでの生活が十年を超えても渡航費用で借りた金さえ返済できずにいた
その翌日マンダルは心臓発作を起こして死んじまった
カタール政府はマンダルの死を「労務とは無関係」とみなした
たんなる病死だ　　なにが問題なのだ?
会社側は死んだマンダルの給与の支払いを十五日先延ばしにした
「兄には何の問題もなかったのに」妹は言う
「助けてくれる人は誰もいませんでした」

マンジュ・デヴィは土下座して高利貸しの足をさすりながら
亡き夫の一万ドルの借金を免除してくれるよう懇願した

南ネパールの田舎を出て　屋内設備会社で働き仕事を覚え
仕送りをして一家を助けた
俺は二二〇〇億ドルもの公共工事に関わっているんだ
会社が生活費を貸してくれる　ありがてえことじゃないか
夫の借金は年三六％の金利だった
南ネパールの一家はいま餓死寸前だ

帰国した二十六歳のアニッシュ・アディカリは忘れられない光景がある
突然スタジアムじゅうの火災報知器が狂ったように叫びだす
それは労働者を包囲する合図だ
労働者たちはいきなり囲いこまれ
スタジアムから引きずりだされ
ゴミを放りこむようにバスに入れられて労働キャンプに一直線
ＦＩＦＡが視察に来たのだ
王族が経営する建設会社は　なにごともなかったかのようにＦＩＦＡに

工事の進行を説明する

アニッシュ・アディカリの耳には
今も火災報知器のアラームが鳴り響いている
キャンプの屋根から見た風景も
人気のないスタジアムを後にしてバスに揺られていく様子もまざまざと思い出すことができる
黄色いジャケット姿のＦＩＦＡ査察官の姿はたしかに見えるが
彼らにアディカリの声は決して届かない

ジャングルの少年

カンボジアのジャングルの夜は明るい
月明りには希望も絶望もなく
死を欲しがる獣の遠吠え
十一歳の少年は一人
裸足でさまよう
両親と妹は「処刑」された
この先にあるもの　それは何か
生きる意味はあるのか
それさえも分からないまま

一九八八年三月十六日
イラクのクルディスタン　クルド人の集まる地域
異様な臭気があたりに漂う
「毒ガスだ！　逃げろ！」
走り出してすぐ子供たちが「目が痛い　水が欲しい」とバタバタと倒れた
五千人ともいわれるクルド人　多くの子どもが命を落とした
生き残った少女は視力を失った
「国がない」クルド人の訴えは　政治の世界で黙殺された

二〇二〇年トルコ南東部の街　ジズレで
二年間にわたってクルド人の虐殺が続いた
「テロとの戦い」という名目で
男は「テロリスト」にされ　女と子供は「協力者」または何の理由もなく
逃れることしか生きる道がない　それが「難民」
それは今でも　ミャンマーでもトルコでも

日本人が知らない（いや　黙殺しているかもしれない）世界中で

だから
一括りにして語るな
ひとりひとりを
難民を
難民にすらなれない人を
輪郭を持っている人間を

ジャングルをさまよい続けた
カンボジアの少年には
ある時　身体の奥から声が聞こえた
「生きろ」

夜は真っ暗ではなく

微かに残った力で歩き出す

ハン・レイ

血の海が広がっている　その上を
麗々しく着飾った者たちが歩く
「ミャンマーからはソー・ハン駐日大使夫妻が国葬に参列」
名さえなく　墓もない　人々の上に敷き詰めた絨毯
その上を黒い靴と葬列が行く

二〇二一年二月　血塗られたクーデター
激しい抵抗が起きる
市民は三本指を突き上げ「民主主義を！」と訴えた
三月二十七日　特に激しい抵抗運動が起き

軍による容赦のない銃撃で一六〇人以上のデモ隊が殺害された
その日　ハン・レイはバンコクの「ミス・グランド・インターナショナル２０２０」ステージでコンテストのファイナリストの一人
「今日、私の国ミャンマーでは、私がこのステージに立つ間にも、たくさんの人が死んでいます。命を落とした人々に深くお悔やみを申し上げます。ミャンマーを助けてほしい。」
涙が伝う　声は震えている
静まり返る会場に向かってハン・レイはこう言った
「世界のすべての市民は、自国の繁栄と平和な環境を望んでいます。その際、関係する指導者は権力や利己主義を利用してはならない」
はっきりと軍を批判した

軍は激怒　彼女を反逆罪で起訴し逮捕状を発行
二〇二二年九月二十一日
ハン・レイはタイのバンコクのスワンナプーム空港で入国を拒否される

タイ当局はミャンマー発行の旅行書類は不正があり無効であるとした
ミャンマー当局が「彼女を無国籍にする」ために仕掛けたのだ
翌日ミャンマー当局の警察官が空港に現れ彼女に出頭を要請
ハン・レイは行き場を失った
即座に逮捕の危機が迫る
声をあげた人がどうなるか　見せしめにしたい軍事政権
彼女は国連難民高等弁務官事務所を通じて第三国への亡命を申請
二十七日　日本では「国葬」が行われていた日
ハン・レイはカナダへ亡命　「難民」という選択だった

「すべてがあっという間で、私は数枚の服しか持っていません」

二〇二二年九月二十七日
その日　何が踏みにじられたのか
ハン・レイの生き方は　問わず語りとなり続ける

サガイン管区エィンバウンダイン村の惨劇

ほんとうの惨劇は　誰にも知られず
記録もなく　歴史にも残らず
権力者は嘯《うそぶ》く
抹殺された数百万人は「数」だが　わたしの名は残る

「敵をせん滅せよ。敵は民間人になりすまして隠れ　反政府活動を継続しようとしている　区別することは意味を持たない　全員を敵と見做しせん滅せよ」

二〇二二年八月十一日
少し日が落ち　市場はそろそろ終わり　村人たちはところどころ集まり

夕食のことやら今日なにも起きずに過ごせたことなど話して　去りがたく
話し込んでいる
突然　バタバタバタバタと激しい回転音が遠くから響いたかと思うとロシア製
Ｍｉ－35攻撃型ヘリは空から市場の真ん中にミサイル弾を放った
声を上げる間もなく　倒れる村人
それから三日間ミャンマー軍は村を包囲しせん滅作戦を実行した
村は遺体が腐るにおいで充満した
軍は村の家という家全てに火を放ち　住民を生きたまま焼いた
とらえた住民を「人間の盾」として使い抵抗を奪った
わかっているだけで十八人が殺害され二十人以上が連行され行方不明と
なった

ほんとうの悲劇は歴史に残らない
ミャンマーのどこかの村で　今日も惨劇が起き
誰にも知られず　誰にも記録されず　消されていく

無菌室

ひとつの部屋に二人の人間を入れるだけで映画が始まる
ジャン＝リュック・ゴダール（映画監督）

無菌室に二人の日本人を入れる　「自分らしく生きる」という看板がかかっている
マスクは二重構造だ
顔のある部分が変化したマスク
あとひとつは脳内部の化学変化
さて　無菌室ではマスクは必要ない　自由に誰にも邪魔されずお話しくだ

さい

二人はマスクをしたままお互いを見る　これまでもそうだったし
これからもそうだろうし

擬似現実にいるのだ　わたしたちは
変化する風景の内部にいながら風景に影響されている奇妙なシステム

視覚が非現実的なのだろうか
光景が非現実的なのだろうか
何のためのマスクなのだろうか
必須条件なのか　必要条件なのか

顔を突き合わすのがうまくいかない
もうマスクのない会話が出来ない

さて　無菌室の二人　あれからどうしているだろう
貴方の想像では　二人は脳内伝達物質から自由になれただろうか
書くことは自由だから僕は今マスクをしていない
だがほんとうは不自由
使い分け

さて
無菌室にいる想像の中での貴方の自由
それは
ほんとうは
縛られて
もうとっくに
死んでいないか?

足音

足音が聞こえると
ああ　やっぱりおまえは帰ってきたのか
そう思うのだ
おかえり　今日は寒かっただろう
何も言わなくてもいい
おまえのことだ
足音でちゃんとわかるよ
今日は少し疲れているんだな

足音が聞こえます

いつもダンスを一緒に合わせるとき
私の国では　女性が外でダンスを踊ることができない
そう言った　韓国ドラマが大好きで
K－POPに憧れて
いつか舞台で一緒に踊ろうって　二人で話してた
自由に踊れることが生きることだって　話した
あの足音が聞こえます

人通りもなく
音と光が消えたイテウォン
無数のもう鳴らない足音
もう踊らない足音
もう帰れない足音が
響くのだ

足音が聞こえると今でも
ああ　やっぱりお前は帰ってきてくれたのか
そう思うのだ
扉を開け　おかえりと声をかけよう
おまえは　永遠に美しい花になったのだと
足音だけのお前に
そう　語りかけよう

僕らは一緒に

明日から会えなくなる
明日からあなたと会えなくなる
明日から人と人のあいだに線が引かれる
明日から　もう会えない

だから今日は隣で　ここにいて　一緒に
今日までしかここにいられないとしても
ここにいて　一緒に

わたしはニッポンにやってきました

言葉が通じない国にやってきました
自分の国へは帰れないから
受け入れてくれるところニッポンに来ました
わたしは帰れない
でもわたしは難民にもなれない
わたしは四二三三人の「送還忌避者」のひとり

ひとは夢を見る　美しい夢を見る
ダンスを踊る　歌を歌う　祈りを捧げる
疲れ切った仲間が　宴で踊る時
生きることの切なさと喜びを知る

「一度仮放免を不許可にして立場を理解させ、強く帰国説得する必要あり」

わたしが生きることに許可は必要ですか
わたしがここで踊るのに
祈るのに　夜が訪れるその時に
許可は必要でしょうか

仮放免
働けない
病気になれない
健康保険がない
教育もお金もない
怖い
どうやって生きるかを毎日考える

あの日　わたしは夢を見ていた
いくつもの夢　胸に蘇る

闇を抜けて　生きることの切なさと喜びを知る
長い闇の先に　風がそうっと愛をつかめますように
娘や息子が　慈しみを持った人間になりますように
微笑みを持って　生きられますように
明日もここで　生きられますように
家族一緒に　生きられますように
僕らは一緒に　生きるのがいい

名前がない男

「その男には名前がない」

オーバーステイ。不法残留容疑。インドネシア人。現金四万。夜行バス。コンビニ。強制送還の手続き。名古屋出入国管理局。

「逃げた男は身長一七五センチくらい、黒色のTシャツを着ていて、警視庁が周辺に緊急配備を敷いて、男の行方を追っています」

「その男には名前がない」

「二十八日正午過ぎ、東京都新宿区四谷四丁目のインドネシア大使館で、名古屋出入国在留管理局職員からオーバーステイのインドネシア人が逃走したと110番通報があった」

片足を突っ込みながら　もう片方の足を蹴り上げようとする
「俺は誰かではない　俺は俺だ」
「俺はなにも悪くない」というつぶやき
「ずっと歩き続けた　それだけは真実だ」
錆びついているんだ鍵穴は　鍵が入らない
誰にも聞こえない
誰にも届かない

発表によると、二十八日に逃走した男性の行方を追っていたところ、三十日午後三時二十分頃、同局職員が名古屋市のコンビニ店で発見し、身柄を確保した。男性は「出頭するつもりだった」と説明しているという。

出入国在留管理庁は「社会に不安を与えたことを重く受け止める。おわびし、再発防止に努める」とコメント。逃走理由などを調べている。

その男には名前がない
その男は強制送還から逃れるために逃亡し
長距離バスに乗り
コンビニで買い物して
二日目で身柄を拘束された
この「犯罪的出来事」は
新聞の一段記事になり
再発防止のお詫びのコメントが発表され
この「重大な事件」に対して
「わが国の法規を守るつもりがない不法滞在者には厳しく対応していただきたい。治安悪化を招いた欧米の失敗を繰り返すな。」というネット世論

が起き

その男には名前がない
人格もない
国際人権法もない
犯罪者と呼ばれ
手錠と腰縄が与えられ
法と国家の建前の下
名前がないまま　消されていく

ミツバチ

――ダイイングメッセージ

夕焼け小やけの赤とんぼ
追われてみたのはいつの日か

カリフォルニア
東京都の二倍の面積の巨大アーモンド農場
この巨大なシステムが世界中の美容と健康を支えている
管理しやすくするために下草は除草剤で極端に少なくし
化学肥料を大量に投入
アーモンドの木は等間隔に整然と並び
見渡す限り地上を埋める

そこには一匹のハエさえ居ない
究極の単一栽培　美しくも虚しい景色

アーモンドの受粉のために
アメリカ全土から　四十億匹のミツバチが集められる
フロリダの果樹農園のミツバチさえカリフォルニアへ
「アーモンド工場」で農薬や除草剤に汚染されたミツバチ
ネオニコチノイド系の農薬は
五gで十二億五〇〇〇万匹のミツバチを死に至らしめる
花から花へ　花粉を運ぶミツバチは細菌感染症にさらされ
働きバチからローヤルゼリーを介して
女王蜂に伝えられ卵巣に行き着く
ミツバチの幼虫は数百万匹単位で死んでいく

中国南西部のある地域では

農薬の使用で送粉者である昆虫がほとんど居なくなり
農家は自分たちで昆虫たちの代わりに人工授粉しなければ
リンゴもナシも育たない
英国では昆虫が消え受粉が不十分なために
リンゴの質が悪化し始めた

秋は紅葉が美しいハイキングで人気の大和葛城山
標高九五九メートル　日本三百名山の一つ
なだらかな高原　ロープウェイを利用できるが
水越峠から歩いて上がると秋はススキ　春は緑の山並みに心なごむ
山頂では一九六〇年代　チョウの一種イチモンジセセリが
数百の集団でみられた
八〇年代に開発が一気に進み　三十〜四十匹
現在は一匹も飛んでいない
チョウが消え

チョウを食するツバメやカマキリも消え
里山は静かに　消えていこうとしている
昆虫たちのダイイングメッセージは
ほとんど気づかれることのなく

夕やけ小やけの赤とんぼ
最後に見たのはいつだった？

地球に人間が居なくても　地球にはなんの問題はないが
昆虫が全て居なくなれば人間は生きていけない

Ⅱ

声に刺さった棘

久しぶりに声を出してみようとする
震える
口を開けようする
今まで出していたように

声を出そうとしているのに
声帯が固まっている
動かそうとする
棘が刺さっている
言葉を発しなければ

焦る
生きている以上
声を発しなければ

顔がゆがむ
記憶を辿る
いつから声を発していないのか
誰かに言われるままに
動くのではなく
自分の意志で
声を発したのは
いつだったのか

沈黙が支配する会議で議事は進む
数字は前年比一三〇％を示している

これは現実か単なる目標か
数値はそれがまるで事実かのように
堂々としている
それがその後どうなるのか
誰もわかっていないながら

心は眠ろうとしている
脳だけは醒めている
声を発せよ
この沈黙が次のもっと大きな死語になる前に

平田さん

平田さんは僕が生まれる四年前　横浜で
住み込みの左官職人になった
昭和三十一年　戦争が終わって十一年目
中学を卒業してすぐ　親から離れて

重たいセメントをふらふらして運ぶ
親方や職人はコテに載せて壁を塗る技術を
こうやってやるんだ　見て覚えろと言う
図面はほらこうだ　そう言って板切に唾で書いたもので

細い身体で　腕も細い平田さん　優しいので仏のようだ
見習の頃は　おいボウズ　ちょっと煙草買ってこい
手が離せないからこれやっておけ
おまけにエロ話やら年増をどう仕込んだかなんて　毎日同じ話を聞かされ

道具も買い揃えないと職人になれない
いい道具は職人のいのちだ
ある時　買ったばかりのコテを
現場で少し目を離した隙に盗まれた
誰が盗ったか　わかっていても言えなかった　あれはおれのコテだと

世の中はどこもかしこも家を作りビルを作り
平田さんは昭和四十七年三十三歳で平田左官店を開業した
親方の住込み小僧からともかく自分の店を開いた
言われた仕事はどんな仕事も断らなかった

ほこりまみれで夢中に働いた　大変さより楽しくて仕事が大好きだった
床のタイルの磨きだし　和室の壁
新しい工法も言われるままに覚えて
建材メーカーの材料もどんどん試して使った
壁に塗ってすぐ乾く建材は重宝だと思った
アスベストが入っているから使いやすいんだ　一生懸命働いた

平成十七年　なんだかあなた痩せて少し体調悪そうよと妻から言われた
そうかなあ
そういいながら病院にいくと肺に影があるので再検査だと言われた
なんだか大袈裟だなあ　そう思った

検査の結果　石綿肺だと言われた
これだけ重い石綿肺だとさぞ呼吸辛かったでしょう

酸素吸入が必要な寸前です
それから合併症　続発性気管支炎　気管支拡張症を罹患

人生が一気に変わる瞬間
ああ俺の生き方の何が間違っていたんだろう
何がいけなかったんだろう
そう問いかけても　答えはなかった
毎日ほこりまみれで一生懸命働いたことの何がいけなかったのか
どうしてこういう身体になったのか

平田さんは組合に相談して労災申請して
さらに平成二十年建設アスベスト訴訟第一陣に加わる
俺はどうしてこうなったのか
俺の生き方が間違っていなかったことをちゃんと証明したい
国と企業に謝ってもらいたい

平田さんは原告団長も務める

運命は残酷だ
平成二十四年五月　神奈川地裁は原告の訴えを退け裁判は敗訴した
声を出すことも出来ない原告団
悔しくて震える弁護士たち
平田さんのもう一つの人生はそこから始まった
人生を取り戻すたたかいが始まる

一日一日　期日ごと　ビラを配る　訴える
いつ結論が出るかわからない裁判　説得する
その間にも仲間が一人また一人と亡くなっていく
街中で訴えていると普通の夫婦が幸せそうに横切る
何をしてるの？　不思議そうにみられる
大変だねえと同情される

全部昨日までの自分たちと同じだ
何も変わらない
時々叫びそうになって妻に八つ当たりしてしまった

高裁は逆転勝利した
それなのに自分は敗訴した
全体が勝ったんだ　裁判は勝ったんだと説得されたし　自分でもそう思った
それでもああ俺の生き方は間違っていなかったという証明はまた出来なかった
それは勝ち負けではなく 生き方なのだ
原告団総会で団長辞任を申し出た
二〇二一(令和三)年五月十七日　最高裁で建設アスベスト訴訟の勝利判決
ついに国と建材企業に勝利した

菅総理は深々と頭を下げ原告団に謝罪した
それでも建材企業側は責任を拒否
平田さんの裁判は高裁に差し戻された
企業責任を問う裁判は令和四（二〇二二）年十一月二十二日結審した
平田さんはビデオで最終弁論に立った
裁判所がビデオで弁論を認めるのは異例中の異例だ
渡部裁判長は解決を引き伸ばす企業側に対し和解の提案を行った
それでも和解協議を拒否し続けるアスベスト製造企業
決着は拒まれ続けた

二〇二三年五月十九日
左官の原告四人と被告企業ノザワの和解が成立した
ノザワは原告に深くお詫びし解決金を支払う
平田さんに　初めて企業側が頭を下げた

六月十二日　裁判の判決説明会　平田さんの顔を見て
うれし泣きする仲間　「自分のことのようにうれしい」とみんなが声をか
けた
平田さんは座ったままで原稿を見ながらはっきりとした言葉で
「全面解決に向けて全員が勝利するよう最後までよろしくお願いします」
と述べた
仏のような細い眼でにっこりと笑う
平田さんの「人生の証明」は
まだ　続いている

覚悟

手探りで一本の綱を引く　眼をつぶったままで
綱は何処へ繋がっているのだろう
《眼の前で　ベッドの上の夫の手は
　宙を舞うんです
　空を切るように
　その寝たきりの　か細い手》
揺れ動く不確かさはひとつの階段かもしれない
逆さまの火たちに逆らいつつ
《電気工事士だった夫

　かろうじて
　骨に皮膚がついている夫の手》

人間には　なにかの規律がある
自分の生死よりも重い荷を背負う日常
《夫の手が
　何かを引っ張るような動作をするんです
それが電線のコイルを巻く動作で
ドライバーを回し
電線を引っ張る動作だと気がついた時
はっとして
思わず手を合わせました
なにか不思議な神々しさがありました》

封印され続けてきたもの

それはいったい何だったか
腕のいい電工だった高木一夫は
アスベストによる悪性中皮腫に罹患した
「もうなにも治療することは出来ません」
主治医は宣告した
《電気工は夫の天職だったのです
　わたし　最期まで
　足や腰をさすってやりました
　残された時間をさすってさすって
　　癒してやりました》

「いま」を形づくるもの
その足元には宙を舞う見えない手が
幾万本もさ迷ってはいないか
誰にも知られず

誰にも気づかれないまま

隠蔽

当時の交際相手との性行為について尋ねられ
被害を申告したものの配置換えされることなく
男性隊員と同じ基地で働くことを強いられ
基地内のハラスメント防止の研修で
被害を申告した女性のみ実名を公表され

「これまでに加害者、組織、誰一人からも謝罪を受けていません」

その一言を言える　忖度せず　はっきりと
分厚い男性中心社会の壁の前で

その一言を胸に秘め
言えなかった人の思いを抱いて
ほんとうのことを
言う

何も言わず空気を読む　この国で
その命令が理不尽でも
命令には従うのが当たり前の国で
従うことで秩序は保たれる
異議を唱えることで壊される
我に正義ありと思い込む社会で

「私は彼女たちに言い訳したくありません。後輩たちにこれ以上ひどい思いをさせないためにも、私のセクハラ被害をなかったものにしてはいけないと思います」

国側は争う姿勢を示し、請求を退けるよう求めている
だから　応援するという人よ
無責任に手拍子は叩かないで欲しい
口だけで「応援します」と軽く言わないでほしい
これは　ひとりの現役自衛官の
命がけのたたかい

空耳

隣のガタイのいい男が　会社でワクチン三回目打てって強制されてさ　オレは打ちたくなかったんだけどさ　仕事上必要だとか言われてさ　顎マスクでしゃべり続ける週末の二十二時過ぎの車内　酔って足元のおぼつかない男がふらふらとやってくる　揺れる車内でつり革を辿りふらふら　ドンと女性の背中にぶつかり　無理やり通っていく　おい　おれの居場所はどこだ！

おれの居場所はどこだ？
窓が開けられている車内はヒューヒューと風が流れ込み　さらに激しく
軋む音が連続する　だれも自分以外　基本無関心だ　外から聞こえる音は

時々人の悲鳴のようにも聞こえ　周りを見たりしても　誰もそんなことに
関心を持つ人はいないし　おそらく空耳だろう

この列車は止まるところを見失いましたとアナウンスが流れる　駅が近づ
けば止まるだろう　いいえ　もう駅は無くなにもかも終わりましたとアナ
ウンスが言う　周りの誰もが先ほどと同じようにスマホを眺めている　こ
れからの列車の運行は全て終了となっています　さあ行き止まりまでお乗
りください　意味あるものとか　考えることとか　異議を唱えることとか
　もう意味はありませんと

そうやって　失うことの意味を麻痺させて　なんとか今日に耐えて　やっ
ぱり生きて　それでも明日も同じ無意味なアナウンスを聴きながら　毎日
を過ごさざるを得ない時を生きている
だれにとっても　それはおそらく空耳だ

追悼しない自由

今日ぼくはひとりの政治家が殺されるのを見た
その人の前にも　たくさんの人が死に
その人のあとにもたくさんの人が死んでいる
仕事で残業になり　帰りは日高屋でタンメンと餃子のセットを食べる
ぼくの隣の席では男たちがナマを片手に餃子をつついている
少し気になることがあり　妻にＬＩＮＥを入れるけれど返信無し
横浜駅はいつもの通りで　改札付近では高校生たちが集まっていたり　オシャレな子が闊歩している　なにも変わらないし　ここではゆるくいつもの日常がある
ゆるいっていいなあ

そう思う　そう思いながら階段を降りる
黒一色に染められることもなく
なにも昨日と変わらず　今日はあるんだ

今日ぼくはひとりの政治家が殺されるのを見た
その人の前にも　たくさんの人が死に
その人のあとにもたくさんの人が死んでいる
自殺させられた人もいるし
路上で誰にも見取られず死んだ人もいる
十五歳でいじめから逃れるように凍死した子
バス停で殴り殺された女性
人の死　ぼくが追悼したい死の数々
そしてぼくには政治家を追悼しない自由がある

ゆるくみんな耐えているんじゃないか

棒にはならないように　ギリギリで
生きようとしているんじゃないか
横浜駅の階段を降り　雑踏の音に紛れながら
思っていた

壊れそうな空

――それは序説

いまにも壊れそうな空がほんとうに壊れた　飛び出した瞬間から恨みでも
あるかのような大粒の雨　傘なんか持っていない　駅まで走る　走るのだ
　走るのだ　ただひたすら
風も強い　雨足はどんどん激しくなる　もう濡れるのはどうでもいい　カ
バンを胸に抱いて走る
パシャッと蛇行する車のハネがかかる　こんな細い道でスピード出すなよ
と　自分ひとり毒付いても　そんなことは毎日起きている
黙って下を向く　走るのだ　走るのだ　走るのだ　ただひたすら
何もかも走るということに収斂されるのだ
ぼくは日本人でいいのか　このままでいいのか　語る言葉はどこへいくのか

硬い空気　まだ駅は先だ　信号が赤になる
ここで止まって待つよりも　信号なんか無視してこのまま突っ切れ
そう叫ぶ内面があっても
目の前には当たり前のように待つ人
飛び越えられないのだ　ぼくも日本人なのだ
臆病な異端になれない日本人なのだ
雨にこんなに濡れながら　それでも信号を待つのだ
こんなに惨めな気持ちで　きっと明日は小銃を持たされ

明日は迷彩服を着せられ　雨がどんなに降ろうと敵攻撃への反撃のために
ズタボロの気持ちのまま　その中を匍匐前進し
納得出来ないまま　言葉を失ってしまうのだ

駅に着く前に果てるのだ

因習

幼い日　家の裏の　その暗い森が怖かった
一度足を踏み入れると二度と戻れない因習の掟
行先の見えない　おどろおどろしい森が
口を開いて待っている　そんな森が

男たちのこもった声がする
「あの娘　生理がはじまったよ」
「まだ今なら何もわからんだろう」
「男とかなんやらと色気づく前に処理しとくのがいいぞ　なあ」
「またこんな娘ができたら困るからな　国がそういう決まりだから」
「大人になってからじゃ　あの娘を傷つけることになるから今のうちじゃ」

「みんなそうしている　やらないと親族に申し訳ない」

ジュンちゃん　ついておいで
おじさんと車で一緒に行こう
ジュンちゃん車好きだろ　助手席に乗せてあげるよ
今日はジュンちゃんの身体が大きくなる前に病院で盲腸の手術しとくんじゃ
盲腸はね　役に立たないもんで　いまのうちに切っとく方が大人になってから切るより痛くないからいいんじゃ
大丈夫　おじさんがついているから

昭和三六年の暑い夏の日　ジュンちゃんは十六歳
ジュンちゃんは冷たい手術台の上で麻酔をかけられ　盲腸の手術と偽られ
断種のため　不妊手術を受けた
手術が終わったジュンちゃんにおじは

「うんうんよくがんばったのう」と手を握った
目を伏せて　合わせることなく
ジュンちゃんはその時　十六歳　自分の未来を信じていた
ジュンちゃんは軽度の知的障害があったが　明るくて素直な娘だった

二〇二三年六月一日　仙台高裁
旧優生保護法の下で不妊手術を強制されたとして、宮城県の女性二人が国に賠償を求めた裁判で、仙台高裁は一審の判決を支持し原告の控訴を棄却した
仙台高裁は「手術は一九五五年から一九六五年に行われたもので、損害賠償を求める権利が消滅する除斥期間が経過している」として、一審の判決を支持し控訴を棄却した
原告側は障害者差別や偏見が浸透していた手術当時は被害者が手術を打ち明け裁判を起こすことは困難だったとして、除斥期間を適用すべきではないと反論したが退けられた

原告の一人　宮城県に住む飯塚純子さん（仮名・七十七）
十六歳の時　軽度の知的障害を理由に不妊手術を強制
「すごい残念です。元気なくなりました。なんで裁判所はもっときちんとやってくれないのか、違法に行われた問題なのに、なんでこんなことをやってるのか、腹が立ちます」

一度足を踏み入れるともう戻れない因習の掟
行先の見えない　おどろおどろしい森
その森は
六十一年前からずっと
いまも　口を開いたまま　待ち続けている

※ｋｈｂ東日本放送を参照しました。出典ＨＰ「原告の控訴を棄却　旧優生保護法下の強制不妊手術をめぐる損害賠償請求訴訟　仙台高裁」二〇二三年六月一日

絶滅と選別

どうして　こんなにも眠いのだろう
少し寝たいと思っているのに
どうして立って歩かねばならないのだろう

僕は薄い長方形のプラスチック製の容器に
蟻を入れ
蟻が巣を作るのを観察している
蟻の巣が作られ
毛細血管のように伸びていく
違う種類の蟻をそこに入れる

これまで黙々と働いていた蟻の日常は消えて
そこは戦場になる
蟻と蟻はお互い殺し合い絶滅する

立ちながら　何かの列に並んでいる
相変わらず眠いのだが
順序よく並ぶことがいまルールだから仕方がない
何のために並んでいるのか
半ばわからなくなりながら
前の人が並ぶように並んでいる

そこは屠殺場で
何かの皮を剝ぎ　肉を捌き　選別している
何かは動物のようでもあり人型のようでもある
誰もがせっせと仕事をしている

無口だ
ぼんやりとその景色を見ている
これはいつもの選別の景色だと思い
見ている

白髪の男が急に話しかけてきた
　この世界はいま　終わろうとしているんだろう?
　おまえたちはそれがわかっているのに
　ただ並んでいるのか

僕は眠かった
列から外れることはなく並び続ける
白髪の男の言うことがどんな意味があろうとも
今日も明日も

列に並び
絶滅と選別を見る

川内原発二十四時

翌朝　変貌してしまった世界にひとまず呆然とする
真面目な恐怖感　何もないことに気がつく
シャベルがひとつ　ビニール袋
役に立つかどうかわからないものを握りしめている
退避勧告が出て　想像を絶する略奪を見て
寸断された道を徒歩で歩くこと
なぜこうなったのか　今さら誰にも聞けない
この景色がいつか来るとどこかでわかっていたような気がする
もう逃げるところがない　行くところも　もうない
祈り　置き去りに過ぎていく　いま大切なのは何

立ち尽くし　思考は止まる

ああこれは夢か　ああこれは夢なんだ

命を確保するために疲れきって
初めて真剣に声をあげて泣いた
泣いても誰もいない
川内原発二十四時
断層破断
の幻が
いま

人生相談

二十代の女性。同居している祖母から「殺して欲しい」と頼まれています。実は祖母の同級生が要介護3で家の中で唾を吐き散らす、ゴミを部屋にまき散らす、入れ歯はずっと洗わず、郵便物は焼く、人の服を勝手に着る、それなのに足腰は元気で長生きしそうです。祖母はいずれ自分があいう姿になるのではないかと恐れて、そうなる前に自分を殺して欲しいと言います。私もその気持ちがわかります。どうしたら楽に死んでもらえるか毎日考えています。私は間違っているのでしょうか。

回答

私は十年以上老人ホームで認知症の方とつき合う体験をしましたが認知は自分が衰えていく感覚があるものです。不安や恐れ、強い悲しみ。そういうものを経て次第に分からなくなります。

できる限り受容的に。

同じ人間として敬意を持って接して下さい。

これが一番大事なことです。「大丈夫よ」という気持ちでハグしてあげて下さい。

どうしても殺してあげないといけないと思ったら自分が苦しまないためにどうすればいいかを考えましょう。あなたが苦しまずに生きることが祖母の愛情に報いることです。

回答少し曖昧ですいません。

殺すことで苦しまないのか殺さないことで苦しむのか私にもわかりません。

あなたは間違っているのではなく正直なのだと思います。

路上のうた

——生きるということ

公園で　男性死亡　もしかして
住民票　取るに取れない　ホームレス
右往左往　解雇直後の　ホームレス
見てしまう　故郷行きの　高速バス
住民票　故郷じゃすでに　墓の下
指さされ　あんな大人に　なるなよと

ホームレス川柳「路上のうた」より

よくホームレスに冷たい言葉を投げかけられるものだと思うよ。自分がホームレスになっていないのは、いろいろな幸運の連続ですよ。どんなに頑張っていても、突然、ホームレスになることあるんだから。その人たちに投げかける言葉が、いつか自分に返ってくるかもしれない想像も出来ないんだ。

ホームレスになる可能性が低い人にとっても、弱い立場の人がちゃんと守られている社会の方が圧倒的に空気おいしいと思いますよ。

今の日本めっちゃしんどい・・・

ホームレスに一切声もかけないまま美竹公園を突如封鎖して、トイレも水道も使えない状態にした挙句に、ホームレスを警備員が拘束しているって酷過ぎる。

ホームレスが大量に出たのは政治の責任なのに、更にホームレスを存在しないかのように扱うなんて二重に卑劣。

ホームレスという名前の人はいない。それぞれに当たり前に名前があり、雨が降れば濡れ、十月の夜は寒いだろうし、わたしやあなたと同じように血が流れてる。
生かす命とどうでもいい命、その間にひかれた線に抗議する。選ぶ人間はいつか選ばれる。

いわゆるホームレス、野宿者の炊き出し等の支援経験がある人ならご承知でしょうが、生活保護を受給し、アパート等に入居しても、路上に戻ってしまう人も居るんですよね。理由は「寂しい」「孤独だから」など。人はカネや住まいは必要だけど、心を支えるコミュニティが必要。

「あなたがホームレスを家に泊めてあげたら?」「世話してあげたら?」という人、すごいですね。個人が世話をできると思ってるなら是非頑張って泊めたり世話してあげてほしいです。

私はそれは行政の仕事、行政にしかできないと知っているので、渋谷区を批判します。

「とっととホームレス追い出せよ！　何のために税金納めていると思ってんだ！」みたいなことを本気で思う住民も当然いるんだろうな、と考えると本当に暗い気持ちになるけど、笹塚のバス停で人が殺されたこととか、もう無かったことになってるんでしょうか。

Ⅲ

Ａｄａｇｉｏ
——坂本龍一さんのＡｄａｇｉｏにＩｎｓｐｉｒａｔｉｏｎを得る

壁　それはただの紙クズ
壁　意識の中
壁　沖縄という刃
壁　「日本」人の強要
壁　軋轢とマスク
壁　はズレる
壁　アウト　不明な
壁　ホホホホの叫び
壁　アラスカのゴミの塊
壁　尋問と査問

壁　契約の中の不明瞭
壁　無血革命とドライマティーニ
壁　見えない白熊
壁　ベルリンの石ころ
壁　抵抗せず　見えない
壁　存在していないラブソング
壁　Amore!
壁　瞬間移動のモンスーン
壁　生きる意志を持つ
壁　永山則夫
壁　不在
壁　悲しみはどこかに蓋がある
壁　だが　悲しすぎると
壁　頭の中が文字で埋まり
壁　網膜と鼓動

壁　パレスチナ礼拝堂
壁　なぜ　変にもならず
壁　こんなところにいるのだろう
壁　数秒さえ共有することなく
壁　「・・・・・・」

森のこえ　ひとのこえ

ひとりで春に　旅に出たら
生活の匂いのする　どこかの駅のホームで
行き交うひとを半日くらい見ていたい
そんな世界がなくなってしまう前に

ひとり黙って去っていった
もう少し　あともう少し　一緒にいて　無駄話とかして
少しだけ希望の持てる一日を送りたかった
あなたのいない世界になってしまった

真面目に考える人が先に逝ってしまって
問題解決の糸口が　また消えてしまった
静かに　ほんとうのあるべき道を模索していたのに
その道はもう消えてしまって
経済性の虜になり　聞こえない耳だけが残る

ただ一つの言葉だけが残った
ひとが　全く違うものへ変わって行く世界の際
そんな時に遭遇している
地球のマグマが冷め始めていて
冷たいライトで青々と道なき道が照らされているとしたら
その先にある　深い黒を自覚しながら
昨日からずっとあなたの音楽を聴いている

日常

今日の放送をしないで済むのなら、高い代償を払ってでもそうしたかった。自宅の母親が亡くなった日と同じくらいの悲しみを抱え、それでも今日、逃げ出すことはできなかった。私たちが生きているあいだに、またもや戦争が起きた。

ロシア作家ドミトリー・ヴィコフ

穴のあいたセーターを着ている　娘にいつかの誕生日でもらったもの
椅子は座っているとカタカタ鳴る　ネジが緩むので締め直して座る
古い詩集をちょっと読もう　あれはどこへいったかな　探すのだが
眠気がくる　猫になりたいと思う　そのまま時間を止めて

寒いかな　暖房の温度を一度下げている　ちゃんちゃんこ着るかなんかし
てと言われる
テレビはつまらないので消す　コーヒーが飲みたい　自分で淹れる
ぼくは足りない　いつも　なんだか
過ごす　少し足りないまま　それでいい

嫌だね
戦争は

詩と共に

自然に生きることを忘れ
神に逆らい
権力に溺れる男たち
たたかうことが人生ではなかったのか

人生にはいろいろな瞬間がある
初めて人を好きになった時
大人に憧れを抱いた時
不正義への怒りを抱いた時

必死に働き　本当の恋を知り
子どもが生まれ
その子の成長と共に
自分の人生を知り

娘の美しさ
息子の寝息
人生の真っ只中で

そのことをどうやって記録に留めよう
写真だけではない人の生きかたを
詩を書かずに　どうやって留めよう

With Poetry

Forgetting to live naturally
Men who defy God
Men addicted to power
Wasn't life to fight

There are many moments in life
When you first fell in love with someone
When you longed to be an adult
When you felt anger at injustice

When I worked hard and found true love
The birth of a child.
And as that child grows up
I learned about my own life.

The beauty of my daughter.
The sleeping breath of my son.
In the midst of life

How can I document that
How can I capture a person's life
How can I capture it without writing poetry?

※『詩の檻はない　NO JAIL CAN CONFINE YOUR POEM』
日仏同時刊行に掲載

詩の力

——この世界を進もうとするひとりに

詩人とはどういう存在であろうか。

詩人とは、どういう時にも沈黙してはならない人のことだ。

つまりこれは、勝算があるかないか、効率的かどうか、有効かどうか、という話とは違うということである。

ある人たちは「君は正しい過ぎる」と助言してくれる。ありがたいけれど、それは間違っている。そうではなく、こう生きるのだ、これがほんとうの生き方だ、ということを示さなければならない。詩人がそれをしなければならないのだ。

徐京植「詩の力」

役立たずもいいさ

とんでもないやつも大好きさ
あの子がいるのもお気に入りさ
夢で逢いたいなんて　呟くのもいいさ
午前四時まで騒いで　コインみたいに転がって　それでもいいさ
くそマジメでもいいし　政治が好きな奴が絡むのをうんうんと聞くのも楽しい
戦争大好きな原発廃止論の親父と
自衛隊大好きな親父と原発どうしようとか
真面目に話しあって
そこに俺はこういうことは言いたくないがと
電力のことを考えたら再稼働するのがいちばん効率的だという奴が現れ
立派なこと　スジが通っていることだけがこの世にあるわけじゃ無い
裏も表も　誰だって欲しいものはたくさんあって
嫉妬もあるし　うそだってつく

詩も文学も音楽も　綺麗事しか神は認めないのか
神はそんなに馬鹿タレか
不完全なのだ　何かを挑発するために
人の唾液はなんて酸っぱいのだろう　血の味も混ざって
ゴミ箱の底　足音　踏みつけられる人間の顔
女はどんな嫌いな男たちにも　ほほえみを向けて金を奪う
どんな汚い男にもお前のあそこは最高だと褒めてやる
おれは生きている自分を馬鹿みたいにここに書く
いつまでも傷口を塞ぐことができない
不完全であるがゆえ　叫ぶこともせず
むしり取られる　何かに期待して失望する
いつも繰り返し　生きていることさえ不完全な

昨日喪中ハガキが届いた
五十九歳で妻が亡くなりましたと短い文が伝えてくる

えっなぜ？　と女房が絶句する
事情を聞くことも出来ないので　悶々とハガキを見つめた
昨日と今日の違いはほんの僅かなのだ　少し曇った空を見つめている

正義を利用し欲望を体現するものよ
自分の地位を守るために正義を利用するものよ
勝算があるかないかで会議で沈黙することに
正義はあるのか

言葉を発することを禁じられた国のことを思う
伝えるべきことを言葉に出来ない詩人のことを思う
書くことは厳粛な生の営みであることを思いかえす

どういう時にも沈黙してはならないという意味を自分に問う

私の進んできた道標に　出会った人々に
この世界の変革を求め
今もその道を進もうとする一人ひとりに

バスの窓に映るもの

海沿いの路線バス
客は僕一人
なぜだか今日に限って妙にひんやりする
「ああ　あれか」と思った
案の定　弟が座っていた
死んだ弟だ
二人で並んで座る

バスはいつもよりスピードをあげた
弟は窓の方を向いて黙っていた

いつもはおしゃべりな弟
向かいの窓には弟の顔が映っていた
何か言いたいような　もう　なにも言いたくないような
僕は窓をみつめていた
弟は僕をみなかった
僕は横を向けなかった
バスは急にスピードを落として止まろうとし
その時　僕は前を見たまま　立ちあがった
バスが止まり
弟は僕を追い抜いて一人で出ていった

そういえば　あまり話をしない兄弟だったな
社会人になってからは全然会わなかった
お互いの事情でバラバラに生きて
時間だけが過ぎてしまった

大人なんだからそんなものさと思っていたが
もう少しお互いの弱さを見せあってもよかった

過ぎ去ってしまってから
出来なかったことを
いまさら
おもう

本読みの喫茶店

横浜駅の西口を出て
帷子川にかかる橋を渡って少しいくと
花屋の二階にサイフォン式の喫茶店があった
マスターはいつもなにか文庫本を読んでいて
客が入ってくると　いらっしゃいませと言い
すぐまた本を読み始める
ぼくはいつもの窓際の席に座り　コーヒーを頼む
マスターはゆっくりとコーヒーを淹れ始めると　また本を読み始める
コーヒーが来る　マスターも客も静かに本を読む

ようこそ時間のない世界へ　ここはそれぞれが本に没入する世界
客の気配が時々動く　マスターはなにも語らず本を読む
頁をめくる音　窓下の雑踏とは別世界
マスターの背中は　幻なのかもしれないと思うほど
歪みのない本読みの世界

あれから十年くらいが経った　あの喫茶店を訪ねてみた
もう店はなくなっていた　あそこにいたマスター
あそこにいた本読みは　いまどこで　読んでいるのだろう
本読みはどこへ行ってしまったのだろう
いま　世界はますます歪み　歴史とはまったく無縁の根拠のない言葉が飛び交う
〈いま　どこで読んでいますか？〉
あの喫茶店のマスターに　もう一度会えたら　聞いてみたい

わたしになりました

きっと
あなたの知っているわたしは
あなたの知っているわたしではなく
わたしの知っているわたしでもなく

わたしは今日わたしになりました
あなたにはずっと言えなかったけれど
わたしは自分がわたしであることを
隠してきたのです

萎れるひまわりを見ながら
日差しに向かうにはどうすればいいか
わたしがわたしになるにはどうすればいいか
考え　立ち止まり　否定し

否定のなかに肯定があり
自分のなかにわたしがあることを知りました
わたしは今日　わたしになりました
あなたの知らない　わたしになりました

突っ立つ

「人の子よ、イスラエルの偽預言者どもに預言しなさい。彼らは自分勝手に幻を考え出し、わたしが何も語らないのに、わたしからのお告げだと主張している。そのような者はのろわれるべきだ。ああ、イスラエルよ。あなたの預言者どもは、まるで廃墟にいるきつねのように城壁再建の役には立たない。」

「エゼキエル書　十三」

ぼくは突っ立っていた
なぜだかわからないが
突っ立っていた
立つということはどういうことか

考えたが　やはり立っていた
なぜ立っているのか
わからないような気がしたが
やはり立っていた
立つとはなんだろう
やっぱりそこに戻った
なぜ立っているのか
やっぱりわからないが
やっぱり突っ立っていた
ここはどこか
今はいつか
聞こうとしたが辞めた
答えはないだろう
答えがない　それが答えだから

ぼくは突っ立っている
なんだかわからないが
この今と
この時代が
ぼくを立たせるのだ
立っていても
いなくてもいいんだけど
立つしかないじゃないか
黙ってやっぱり立つ
ぼくはもういつまで立つのか
起立礼の起立だね
古い例えだけど
なにも反応ないけど
やはり立って
たぶん

明日も
立って
います
トボトボ
歩いて
立っています

海豚《イルカ》を喰らう

初めて海豚の刺身を喰った時
「海豚の肉なんか都会のひとは食べたことねえだろ。最近はなかなか新鮮な海豚の刺身喰わせるところも少ねえからなあ！」と義母は自慢げに話した

大船渡線・通称スーパードラゴンはくねくねと走り　大船渡湾の内側の下船渡にある彼女の実家は海のすぐそば　潮風の乾涸びた匂いと隣の肥料工場の鼻先にツンとくる匂いが交じり合っていた　義父の大船渡弁はモゾモゾと意味は分からず「まあ飲めまあ飲め」だと勝手に解釈し　酒と焼酎を注がれるままに飲んだ　海豚マンボウ　カキの雑魚身　出されるままに

なんでも食べた　もう三十五年以上前のことだ
その時の海豚肉の味の記憶は　今も鮮明に舌の根元に残っている

岩手の海豚漁は江戸時代から続く伝統ある漁だ　安政四年の記録では実に
五七九〇本の海豚の水揚があったという　まさに天の恵みというべき海豚
は時ならぬ収入をもたらした
明治になり漁の共同組合が作られ　男も女も同じ分前を配分され　水揚は
いちいち数えることなくお椀で盛り家々に配られたという
海豚は氏神として祀られ神社には海豚の魂を慰める恵比寿さんの鎮魂碑が
作られた　祭礼の際は海豚の腹を割いて血を取り　恵比寿さんに頭から振
り掛け　鎮魂しつつ豊漁を祈る

大船渡の実家は二〇一一年三月十一日の東日本大震災で跡形もなく流され
た
義父は移転先の盛岡で　二〇一九年亡くなった

義母は記憶が一分しか持たないが盛岡で元気に暮している
岩手県の海豚の漁獲実績は　震災の翌年に四〇五頭に激減した　海豚の漁
獲量はその後も回復することなく今日に至っている

愛について

愛し合うってことは
案外バリバリと煎餅を食べるような
二人で一心不乱に食べる　そんなこと

愛し合うってことは
残業で遅くなる女房に
里芋の煮っころがしとか作って待つこと

愛し合うってことは
二人で鈍くなった動作を認め

お互いさまだと知ること

愛し合うってことは
女房のサラダ日記のオチマチコは
サラダ記念日の俵万智だと知ること

愛し合うってことは
ちょっとわがままになることを
許すこと

愛し合うってことは
お互い別々の生物だと
知ること

愛し合うってことは

二人の時間を
笑いで包むこと

愛し合うってことは
ひとそれぞれ
それでいいじゃないか

愛し合うというのは
固くもなく柔らかくもなく
ちょうどよい感じの四十二度の風呂

さてと　もう散々愛について
語ってしまい　もうなにも愛について
語ることがない

そう　愛を語りつくすなんて
だから黙って　愛を語ろう
愛し合う他に何がいるだろう

鶯谷の立ち飲み屋で

金曜日　俺は鶯谷の立ち飲みに居る
ハツ　カシラ　ナンコツ　シロ　一本八十円
塩焼きは三本からです
レモンサワー三五〇円
スモウチュウケイやってますか？
あゝ席が空いたら　座ってみてね
「会計で」親父が立つ「一六九〇円になります」
オツカレという響き
スモウ好き
日本酒も好き

ウイスキーも好き
僕も好きよ

ここに居るのが人生の最大の楽しみ
だと言ったら
怒られるだろうなあ
女房に

テレビでは国会中継
二九五人
難民として認定されないままの
十八歳未満の子どもが
取り上げられている
家族が強制送還でバラバラにされる
もし親が強制送還されたら

あの親と子は引き裂かれる

あゝなんてこった
俺はこんなところで
ただ立ち飲みでニュースを見て
隣のオーストリア人と
オーストリアではタバコは一箱五千円
日本はいい国ねと話している
八〇年代くらいまではオーストリアも緩やかだったという彼の言葉を聴きながら
日本がいい国かどうか
疑いながら
まあ少しはいいところもありますねといい加減な相槌を打ち

あゝ

なんて俺は
日本的で
もう
ここにいて
ハイボールでも飲んで居るだけのくだらない奴なんだ
あゝ
なんて怒りをあっさりと捨てて
日常に浸ろうとするんだ
なにも出来ないくせに
なにか出来るような
馬鹿野郎だ
鶯谷の立ち飲みで
ただの酔っ払いの親父
くだらない日本人
それが俺

解説　「もぎ取られた言葉」を抱える他者と共苦し連帯する人
高細玄一詩集『もぎ取られた言葉』に寄せて

鈴木比佐雄

1

今日においても世界の国々の中で、言論・表現の自由、人権の平等などの人類が数千年をかけて獲得してきた普遍的な理念を表明することによって、国家によって不当に差別され暴力によって拘束されて生死も不明な他者たちが存在する。高細玄一氏は、生存の危機を察知していても、抗議行動や表現行為をやめない他者たちが存在することへの驚きを誰よりも感受している。そしてそのような行為を弾圧され「もぎ取られた言葉」を抱えて生きている勇敢な他者たちを、畏敬して強い連帯感を抱いている。その勇敢な他者たちや理不尽な存在を生み出してしまう国家や社会の構造の在り方に対して、言論という詩的言語を通して対峙するために、二〇二二年夏には、第一詩集『声をあげずに泣く人よ』を刊行した。そして二〇二三年冬には、第二詩集『もぎ取られた言葉』を引き続き刊行した。このような短い時間で詩集を生み出すことになったのは、高細氏が今の時代に対して切実に向き合う姿勢が、必然的に多作とも言える創作力を促しているからに違いない。つまり第一詩集で提起した問題に対して、さらなる深い問い掛けや認識に至り始めて連作詩集と言える第二詩集が誕生したのだろう。第一詩集の序詩でありタイトルにもなった詩「声をあげずに泣く人よ」は、七行の短詩だが、高細氏の詩的精神を結晶させた、実践的な詩論であっただろう。全行引用してみる。

声をあげずに泣く人よ／その声がどうか／地の底へ届きますように／今日の日を忘れず／過ごせますように／今日をどうか／生きて過ごせますように

この詩は世界の理不尽な情況の中で「声をあげずに泣く人」の痛みや悲しみに震撼し、その思いを宿した肉声が「地の底へ届きますように」と心から願うのだ。と同時にあまりの悲惨さに泣けずに泣いている人びとの生存の危機を心配している。そんな人間の自由や平等な権利や尊厳が侵される瞬間に遭遇している他者たちへ、「共苦し連帯する」姿勢が詩行から読み取れるのが、高細氏の詩の特徴だと考えられた。最後の二行の「今日をどうか／生きて過ごせますように」には、宮沢賢治のような他者の幸せを願う想いが溢れている。その意味で高細氏の詩篇は今日の世界の過酷な情況の中で生きている人びとを心底から気遣っていて、とても志が高い。この時代の国際情況の最中で人権が踏みにじられても、決して屈しないで人間の尊厳を体現している人びとの切実な行為を、崇高な言葉として変換しそれを書き残していく。そのために危機に応じた新しい詩的文体を模索し創り上げる試みをしている。その生存の危機を作り出している情況へ沈黙することなく、それが孕んでいる悲劇的な情況を見通して言語化している。人間や地球の生きものたちの行為は、最も雄弁な感動的な言語となりうる場合があり、その行為的言語を読み取り、高細氏はそれを詩的言語化したいと試みているのだろう。

2

新詩集『もぎ取られた言葉』は三十八篇の詩が三章に分けられている。I章十四篇は詩「仮死」から始まっている。一連目を引用したい。

その日は　晴れていたか曇っていたか／雨だったのか想いだせない／娘は仮死状態で生まれて来た／生と死のあいだの薄い膜を一枚めくって／あの時の産声のない一瞬の間／鼓動が数秒遅く　気がついたように／気まぐれに動いた／父親になりたての男は何故か職場に電話をして／「生まれました」と報告し／「しかし……」と言いかけ

詩「仮死」の一連目では、「娘は仮死状態で生まれて来た」が、「生と死のあいだの薄い膜を一枚めくって」みると、「鼓動が数秒遅く　気がついたように／気まぐれに動いた」と、何か目に見えない力によって娘の生命が生かされた奇跡を物語る。母胎の羊水の中から外界にでた途端に仮死状態になり、数秒後には鼓動が動き出し生命が甦ったのだ。高細氏は私たちの生命が「気まぐれに動いた」という計り知れない力によって生かされていることを告げている。逆に言えば、生あるものは、鼓動が「気まぐれに止まる」可能性に満ちていることも暗示している。詩「仮死」の後半部分を引用する。

その日は　驟雨　音のない雨　躍るようにつぎつぎと／二〇一八年八月鎌倉・由比ヶ浜に／シロナガスクジラの赤ん坊が打ちあげられた／体長一〇メートル　胃袋には直径七センチのプラス

チック片／海の中で残留性有機汚染物質に汚染された母乳を飲み／プラも飲み込み味覚も臭覚も失い／目の前では泡がプカプカ踊り　それは次第に激しくなり／親クジラから外れ　のたうち回り右も左も分からなくなり／内蔵はいたるところで摩擦を引き起こし／肝機能は低下し　激しい腹痛
　水深も分からず／砂浜へ上がったことも分からずに命は尽きた／／その日は　海には全てのものが浮遊し／シロナガスクジラと人　その運命のさきにあるのは／ただ一つの生　もしくは仮死

浜辺にクジラが打ち上げられるニュースが時々ある。その記事を読んだ際の高細氏はこのように想像力を働かして「シロナガスクジラの赤ん坊」の末期の在りようを記していく。「体長一〇メートル胃袋には直径七センチのプラスチック片／海の中で残留性有機汚染物質に汚染された母乳を飲み」、そして「肝機能は低下し　激しい腹痛　水深も分からず／砂浜へ上がったことも分からずに命は尽きた」と、人間が暮らしを便利にするために科学技術の作り出した石油化学製品を食べて機能不全となった場面を描き出す。製造者責任を問われるのならば、シロナガスクジラの母や海の生きものたちから人類は責任を問われるだろう、と高細氏は物語っている。近代以降に特に新しい製品を科学技術によって生み出していたが、人類は地球の他の生きものたちから、仮に地球法廷ができたとしたら、訴えられて殺戮者として有罪になることを暗示しているようだ。最終連の「シロナガスクジラと人その運命のさきにあるのは／ただ一つの生　もしくは仮死」とは、シロナガスクジラの赤ん坊の一回限りの生命は、一人の人間の尊厳にも匹敵するものであり、それにも関わらず海洋や水辺を汚染させていけば、きっと近未来には人間の赤ん坊もクジラの赤ん坊と同様に、かつての水俣病の赤子のような運命を辿るだろうと、高細氏は透視するかのように告げている。

3

一章の詩「言葉が出ない」では、「ウクライナの子どもは戦争で少なくとも／一万六〇〇〇人がロシアに連れ去られた／戻れた子どもは一二五人しかいない」というロシアの侵略で起こった情況を前に、「なぜこの現実が作り出させられたのか／この現実の中にいる人間の運命を／書かなくてはいけないのに／現実の重みに／なにも書けなくなる」と、逆説的に自らに書くべきだと心を奮い立たせる。

詩「標的とされた希望 ――ゾラの復活を願う」では、《「ゾラ」は十三歳から二十歳の女性だけ三十五人で構成／孤児や貧しい家庭出身のメンバーもいる／指揮者ザリファ・アディバは二十三歳　アフガニスタン初の女性指揮者だ　ザリファはタリバンによる迫害の対象となってきた「ハザラ人」だ》と、アフガニスタンの民俗楽器を使用した女性楽団員たちが国外脱出に追い込まれ、伝統音楽も演奏できない悲痛な思いを伝える。

そしてタイトルにもなった**詩「もぎ取られた言葉 ――マリア・コレスニコワは去らなかった」**の最終の二連では、ベラルーシのルカシェンコ大統領の国外追放に抵抗し、旅券を破り捨て国内に止まり、今も獄中で生死も分からないマリア・コレスニコワ氏の行為から言葉と人間との関係とは何かを私たちに問い掛けている。

それでも　マリア・コレスニコワは去らなかった／勇敢な言葉より　その場に留まること／言葉を

発せられない自由を発狂するほど発すること／創造できない苦痛を全世界に発すること／／マリア・コレスニコワは去らなかった／「言葉のない世界」を発見するのだ／もぎ取られた言葉を使って／屈しない。その言葉を。

高細氏は、高名なフルート奏者で反体制指導者であるマリア・コレスニコワ氏が「言葉を発せられない自由」や「創造できない苦痛」を世界に発信するために、国内に止まっていると解釈する。人間の自由とは言葉の発信や芸術表現であり、言葉とは人間存在そのものであることをマリア・コレスニコワ氏は身をもって体現し、命を賭けて闘っていることを知らしめているのではないか。つまり高細氏の言葉の稼働領域は、現代詩を書いている詩人たちに比べてかなり広いことが理解できる。高細氏から以前に市民演劇でキャストとして活躍した経験があると聞いたことがあり、演劇の時空間は身体言語や肉声や沈黙などの多様性が充ちた言葉から組み立てられていること熟知しているのだろう。世界を解釈する際には、その地域で引き起こされている悲劇的な犠牲者の行為そのものを、「既成の言葉」を超えていく「新たな言葉」として認識していく必要がある。高細氏の詩篇は現代詩の限定された言葉の美の世界を食い破っていき、不条理な世界の地域社会で犠牲者となって、この世界から抹殺されていく掛け替えのない存在者たちの「もぎ取られた言葉」を心に焼き付けて記録していく試みなのだろう。そのように辿っていくと、最終連のかつて田村隆一が詩「帰途」の中で記した《「言葉のない世界」を発見するのだ》ということの真意を受け止めて、高細氏は「もぎ取られた言葉」を発見することが自らの詩作のなすべきことだと考えているのだろう。それは世界で言葉を発する自由のために闘い暴力によって獄中にいるマリア・コレスニコワ氏のような存在者たちへ、共苦し連帯する想いを、国境を越えて率直に伝えていくことなのだろう。

田村隆一の詩「帰途」の最終連では「言葉なんかおぼえるんじゃなかった／日本語とほんのすこしの外国語をおぼえたおかげで／ぼくはあなたの涙のなかに立ちどまる／ぼくはきみの血のなかにたったひとりで帰ってくる」で終わっている。田村隆一の詩集『言葉のない世界』は復刊がなされて今も多くの若い読者に読まれているようだ。それは「言葉のない世界」が読者に対して人間と言葉の根源的な関係を反語的に激しく問うているからだ。そこには何も簡単な回答はない。自らがその問いに人生を掛けて問うていくしかないことをクールに伝えているだけなのだ。例えばその問いに対して高細氏は、「もぎ取られた言葉を使って／屈しない。その言葉を。」と今まで生きてきた多様性を尊重する自らの言葉で回答しただけなのだろう。

I章の他の詩篇でも世界の現在進行中の過酷な被害者たちの行為から最も切実な言葉を刻んでいる。その詩題と中心テーマを紹介する。**詩「失語」**ではロシアに「退避した」ウクライナの「一九三万人」。**詩「アディカリのワールドカップ」**では「五十二度にも達する現場の中で一日十四時間も働いていたんだ」。**詩「ジャングルの少年」**では《カンボジアの少年には／ある時　身体の奥から声が聞こえた／「生きろ」》。**詩「ハン・レイ」**では「今日、私の国ミャンマーでは、私がこのステージに立つ間にも、たくさんの人が死んでいます」。**詩「サガイン管区エィンバウンダイン村の惨劇」**では「ほんとうの悲劇は歴史に残らない／ミャンマーのどこかの村で　今日も惨劇が起き」。**詩「無菌室」**では「無菌室にいる想像の中での貴方の自由」。**詩「足音」**では「人通りもなく／音と光が消えたイテウォン／無数のもう鳴らない足音」。詩「僕らは一緒に」では《わたしは四二三三人の「送還忌避者」のひとり》。詩「名前がない男」では「オーバーステイ。不法残留容疑。インドネシア人。現金四万。夜行バス。コンビニ。強制送還の手続き」。詩「ミツバチ　——ダイイングメッセージ」では「アーモンドの受粉のために／アメリカ全土から　四十億匹のミツバチが集められる」。

Ⅱ章の十二篇では、日本国内の公害、セクハラ、差別など「もぎ取られた言葉」を体現している存在者たちを記している。その中でも詩「平田さん」は左官店を営んでいた平田さんがアスベスト訴訟の高裁で勝訴した評伝的な長編詩だ。

Ⅲ章の十二篇では、高細氏が影響を受けた芸術家・作家たち、実存的な詩篇、家族の詩篇、そして詩論的詩篇などが収録されている。その中でも詩「Adagio　——坂本龍一さんのAdagioにInspirationを得る」では《壁　沖縄という刃／壁　「日本」人の強要》と坂本氏の沖縄への愛が詰まっているアルバムから刺激を受けている。また詩「鶯谷の立ち飲み屋で」では「なにも出来ないくせに／なにか出来るような／馬鹿野郎だ／鶯谷の立ち飲みで／ただの酔っ払いの親父／くだらない日本人／それが俺」と洒脱に己を笑い飛ばすのだ。

このような「もぎ取られた言葉」を抱える世界の他者たちと共苦し連帯する高細氏の詩篇が、多くの若い世代にも広がっていくことを願っている。

あとがき

第一詩集『声をあげずに泣く人よ』を二〇二二年六月に刊行し、今回第二詩集『もぎ取られた言葉』を刊行することになりました。短い期間に二冊目の詩集を出すことになりました。

いま、詩を書くことにどんな意味があるのかをずっと考えてきました。昨年八月、わたしの詩集を読んだインターネットのニュースサイト、ドットワールドの編集長・玉懸光枝さんからご連絡をいただきました。玉懸さんは「ミャンマーをはじめ世界各地で不条理に苦しむ人々や世界の行方にたまらない思い」を抱くとともにご自身も肉親との別れを経験し、心惹かれるものがあったということでした。それからほぼ一年後の二〇二三年六月にインタビューを受けました。

https://dotworld.press/people_who_cry_without_raising_their_voices/

インタビューの中では、作品に中に込めた「取り戻すことのできない喪失感」を取り上げていただきました。

それは、あまりに不条理な現実を前にして声をあげる勇気やエネルギーすら枯渇してしまった人、社会の格差や断絶の中に埋もれて、声がかき消された人、理不尽な形で命を奪われ、声をあげられなくなった人、さらには一見、普通に暮らしているようにみえて、じつは癒えない傷を持つ人の「喪失感」ではないかと。

それは同時に、喪失感を抱えているからこそ、他者を「今という同じ時代に生きる人」として捉えることでもあります。今回の詩集のテーマは、苦しみを共有し、「共に生きることを諦めない」ということでもあります。

アフガニスタンの女性詩人ソマイア・ラミシュの呼びかけによって、アフガニスタンでの女性から教育を受ける権利を奪う、さらには詩を書くことを禁じる抑圧に反対して

『NO JAIL CAN CONFINE YOUR POEM　詩の檻はない　～アフガニスタンにおける検閲と芸術の弾圧に対する詩的抗議』が二〇二三年八月に刊行されました。私もこの取り組みに連帯して詩で参加させていただきました。
これは「共に生きることを諦めない」ひとつの形だと思っています。

人と人とは言葉で何かを伝えあう関係です。言葉はいま、メールやSNSを介して伝わることが多くなりました。人と言葉の距離は、人の在り方と深くかかわっています。いま、人と言葉の距離の取り方が、揺らいでいると感じています。人が人として生きるためにその思いをどう伝えるか、伝えたいことをどう書くのか。その時、詩はどんな役割を果たせるだろうか。

「詩というジャンルは、各国の独特な生と様式の中に存在する。民族言語の深さと技巧、避けられなかった悲しみと喜び、希望と治癒、自分に対する自責と修行、詩的な理想を通じて体が覚えた社会的本能を、魂の中に受容する形式である」
高炯烈（韓国・詩人）「モンスーン」創刊の辞より

第一詩集刊行後、様々な詩の取り組みや勉強会にも出席させていただき、詩の奥深さを体感させていただきました。これからも迷いつつ、現実の問題と関わりあいながら書いていきたいと思っています。

「いま、なぜ詩を書くのか」

その問いをこれからも抱き続けていきたいと思います。

最後に詩集の編集や解説文を執筆されたコールサック社代表の鈴木比佐雄氏、校正・校閲をされた座馬寛彦氏と羽島貝氏、装画のｍｉｃｈｉａｋｉ氏たちには大変お世話になり感謝申し上げます。また、支えてくれた家族の妻や母にも心より感謝致します。

ありがとうございました。

二〇二三年九月

高細玄一

著者略歴

高細玄一（たかほそ　げんいち）

1960年神奈川県藤沢市生まれ
18歳まで大阪で過ごす
立命館大学文学部史学科西洋史専攻卒

横浜詩人会議、横浜詩人会、日本現代詩人会、
「京浜詩派」、「コールサック」、「フラジャイル」などに所属
祖師谷大蔵「詩集の店」店主
建設労働組合で書記として勤務

2022年　詩集『声をあげずに泣く人よ』（コールサック社）
2023年　詩集『もぎ取られた言葉』（コールサック社）

現住所　〒253-0085　神奈川県茅ヶ崎市矢畑782-3-1
ライオンズ茅ケ崎ザアイランズ318
Mail：ginngakei7@gmail.com
note：https://note.com/ginngakei

詩集　もぎ取られた言葉

2023年11月20日初版発行
著　者　　　　高細玄一
編集・発行者　鈴木比佐雄
発行所　株式会社 コールサック社
〒173-0004　東京都板橋区板橋2-63-4-209
電話 03-5944-3258　FAX 03-5944-3238
suzuki@coal-sack.com　http://www.coal-sack.com
郵便振替　00180-4-741802
印刷管理　（株）コールサック社　制作部

カバー装画　michiaki　　装幀　松本菜央

落丁本・乱丁本はお取り替えいたします。
ISBN978-4-86435-593-3　C0092　￥1600E